O avantajado livro de pensamentos do Casseta & Planeta

OBJETIVA

O avantajado
livro de pensamentos
do Casseta & Planeta

Todos os direitos desta edição reservados à
EDITORA OBJETIVA LTDA., rua Cosme Velho, 103
Rio de Janeiro – RJ – CEP 22241-090
Tel.: (21) 556-7824 – Fax: (21) 556-3322
www.objetiva.com.br

CAPA
Pós Imagem Design

PROJETO GRÁFICO E EDITORAÇÃO ELETRÔNICA
Glenda Rubinstein

ILUSTRAÇÕES E CARICATURAS
Osvaldo Pavanelli
© Toviassú Produções Artísticas

REVISÃO
Sandra Pássaro
Tereza da Rocha

OSVALDO

Sumário

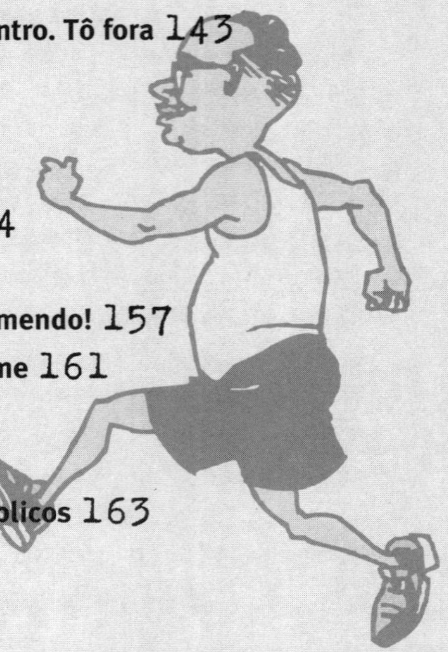

Prefácio

Por falta de frase nova, passamos o ferro na velha. Pela ausência da frase certa, no momento adequado, muitas vidas se desperdiçaram, grandes oportunidades, lentes de contato e guarda-chuvas se perderam.

Se César, ao ser apunhalado, em vez de dizer “Até tu, Brutus”, tivesse dito “Viúva é igual lenha verde, chora mas pega fogo” não teria entrado para a história como o grande imperador romano, mas sim como um reles caminhoneiro.

Se o grande estadista inglês Winston Churchill em vez de dizer aos soldados aliados sua célebre frase “Nada temos a vos oferecer, a não ser sangue, suor e lágrimas”, tivesse dito “Toma guaraná, suco de caju, goiabada para sobremesa”, a Segunda Grande Guerra teria mudado de rumo e, hoje, o mundo estaria sob o jugo dos nazi-fascistas e todos seriam obrigados a comer chucrute e batata, tornando a atmosfera terrestre irrespirável.

O AVANTAJADO LIVRO DE PENSAMENTOS DO CASSETA & PLANETA é o ponto de partida de uma obra ciclópica: um puxado com banheirinho que nós estamos fazendo. Os pensamentos desse livro, se lidos em voz alta na frente do espelho, levarão o leitor a uma profunda reflexão.

Em pouco mais de uma centena de páginas, O AVANTAJADO LIVRO DE PENSAMENTOS DO CASSETA & PLANETA consegue derrubar séculos e séculos de Civilização Ocidental. A oriental nós pretendemos destruir assim que aprendermos a falar japonês.

Muitos são contra esse livro. Os ecologistas indagam: Quantas árvores foram abatidas para publicar O AVANTAJADO LIVRO DE PENSAMENTOS DO CASSETA & PLANETA ? E nós fazemos questão de responder: foram 1.243 pinheiros, 432 eucaliptos, 537 jacarandás, 232 maçarandubas, 1 jequitibá ereto, 4 pés de peroba doados pelo movimento gay e uma mangueira que estava entrando pela janela e tivemos que cortar.

Enfim, a masturbação solitária pode ser uma experiência gratificante, desde que os parceiros estejam de acordo.

Pre-difícil

Desde que Adorno, Benjamin e Versolato[1] estabeleceram a dicotomia fundamental Casseta &/ou Planeta, o pensamento ocidental[2] passa por uma ruptura estruturo-lipo-aspirada.[3] Já Lacan e Derrida vêem na desestruturação pós-coital da obra cassetiana &/ou planetiana uma síntese da opalescência da condição humana. Em outras palavras: mijou sentado e não é sapo, tô comendo.[4]

(1) Ver in "O velho e o Ocimar", Ernest Hemingway.

(2) Op. cit.

(3) Ô, psit!, in "Didi Mocó, vida e obra".

(4) Ver in "Assim falou Zaratrusta", Friedich Nietsczczstche. Saúde!

Aviso aos leitores

Todas as informações, opiniões, pensamentos e palpites contidos nesse livro são falsos.

Todos os dólares recebidos por esse livro são falsos.

Todos os uísques comprados com o dinheiro arrecadado por esse livro são falsos.

Todos os autores contidos nesse livro são falsos e fingidos.

Aviso aos leitores analfabetos:

Para sua comodidade, nesse livro foram utilizadas apenas 23 letras. A saber:
A b c d e f g h i j l m n o p q r s t u v x z

Advertência

Não nos responsabilizamos por pessoas comidas através da utilização de frases contidas nesse livro.

Se você não estiver a fim de ler, sugerimos algumas outras utilidades para *O avantajado livro de pensamentos do Casseta & Planeta*:

- Se a sua mesa estiver bamba, esse livro pode virar um prático CALÇO DE MESA.
- Quando aquela visita inesperada aparecer, você pode transformar esse exemplar numa BANDEJA PARA SERVIR CAFEZINHO.
- *O avantajado livro de pensamentos do Casseta & Planeta* pode ser um excelente PESO PARA PAPEL.
- Você pode anotar seus recados nos espaços em branco entre as frases, fazendo desse livro um ótimo BLOCO DE RECADOS.
- Aberto e colocado sobre a cabeça, ele se torna ainda um maravilhoso PROTETOR SOLAR.
- Comprando quatro exemplares você pode ter um belíssimo JOGO AMERICANO PARA PEQUENOS LANCHES.
- Arrancando as páginas e utilizando a sua habilidade manual, você pode fazer a alegria de seu filho, presenteando-o com uma sensacional ESQUADRILHA DE AVIÕEZINHOS DE PAPEL!

Adolescência, a idade das espinhas

• Alguns adolescentes superaram seus problemas com a acne. Usando as espinhas pra ralar coco.

• Chega uma hora em que o adolescente tem que descobrir aquilo que a mulher tem no meio das pernas: varizes.

• Os adolescentes rebeldes um dia entenderão que a ordem natural das coisas começa pela arrumação do quarto.

• Aonde querem chegar os jovens?
E por que precisam do carro do pai?

• A adolescência é um período de tempo compreendido entre o nascimento dos peitinhos e o fim das espinhas.

• Antigamente, o adolescente da classe média era introduzido nos prazeres da carne com a empregada. O cara começava almoçando o bife e queria porque queria jantar a bunda.

• Aos dezoito anos, o homem pode votar, dirigir e servir à pátria. Mas comer alguém que é bom, até agora nada.

• Adolescente, o futuro está em suas mãos. Então, vai lavar essas mãos, seu porco!

Os filhos sempre pensam que seus pais cagam dinheiro. Isso porque a mesada deles costuma ser uma merda.

• Quando completam dezoito anos, os adolescentes já estão aptos a decidir o que vão ser na vida: menino ou menina.

• Suruba de adolescente é quando ele usa mais de uma revista de sacanagem pra bater punheta.

Bahia, terra da ociosidade

• Sonho de baiano é coco já vir ralado.

• Depois que fica velho, o baiano só usa o siri-mole pra fazer xinxim.

• Um dos principais produtos de exportação da Bahia é o sotaque baiano para as novelas da Globo.

• O movimento negro da Bahia já está querendo mudar o nome do Pelourinho pra pe-neguinho.

• Nos restaurantes baianos, a pressa é inimiga da refeição.

• Dentre todos os povos do mundo, o baiano se destaca. Se destaca e vai até em casa puxar um ronco.

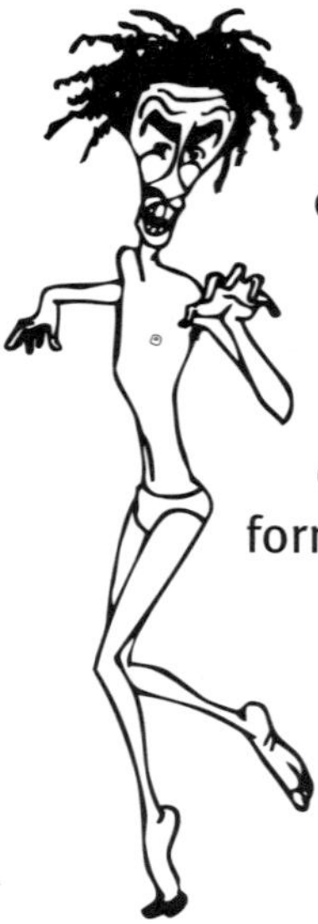

• O povo baiano é negro em sua maioria, com exceção da palma da mão e da sola do pé.

• O Brasil precisa de um presidente baiano, que já esteja acostumado ao ritmo que as reformas de que o país precisa vêm sendo feitas.

• Salvador é uma cidade de altos e baixos, ligados por um elevador.

• Os baianos tiveram preguiça até para fazer uma cultura própria. Mandaram vir uma da África, prontinha.

Na Bahia, tradicionalmente se elege o candidato que promete que vai fazer menos coisas.

• O único jeito de fazer um baiano suar é pondo ele atrás do trio elétrico.

• Sarapatel, caruru, vatapá. A preguiça do baiano é tanta que a comida já vem mastigada.

Baixinho é o seu salário

• Nas anãs, o buraco é mais embaixo.

• Os anões precisam se unir, nem que seja para alcançarem a prateleira de cima.

• Anão só fica alto quando enche a cara.

• Até os dezoito anos, o anão não existe, porque anão menor ninguém enxerga.

• Há um mito sobre o tamanho do órgão sexual dos anões. O pau do anão é normal, gente. Anormal é o resto.

Beleza, boniteza e lindeza

• Essa história de beleza interior é muito bom pra igrejinha de Ouro Preto.

• Beleza interior só se vê em abreugrafia.

• Quem gosta de beleza interior é decorador e gastroenterologista.

• Procure conhecer a beleza interior da pessoa amada. Nem que para isso você tenha que apelar para uma tomografia computadorizada.

• É chato ser gostoso. Mas tem gente que acha que é gostoso ser chato.

• É chato ser bonito. Mas é muito mais chato ser feio.

Descobrir a beleza interior é importante, mas entrar no interior da beleza é muito melhor.

• Meu corpo é todo definido. Definido que vai ser essa merda mesmo.

• Algumas mulheres têm o corpo escultural, mas o escultor era da escola surrealista.

• A maneira mais fácil de ficar com o corpo malhado é contrair vitiligo.

• Vendo meu corpo. Motivo: viagem.

O bicho vai pegar

• Os elefantes, quando usam cinto de segurança, sobrevivem às trombadas.

• Chega de preconceito contra as baleias e outros animais que só arranjam namorado em fim de festa!

• Por que no Brasil até os cachorros têm que levar uma vida de cão?

• Camarão que dorme no ponto, neguinho desberlota.

• A única coisa errada no porco é que ele não vem com feijão.

• Torresminho, costeleta, lombinho, lingüiça... Do porco se aproveita tudo, menos o espírito.

• Todo cuidado é porco.

• Em rio que tem piranha, jacaré usa camisinha.

Boiolagens, viadagens e pediatria em geral

• No vestibular para o curso de teatro infantil todo candidato sonha em levar pau.

• Drags. Tô fora!

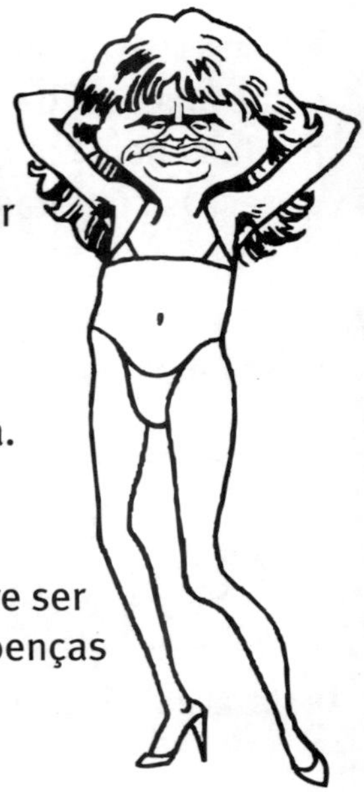

• Tem viado que dá um boi pra não entrar numa briga e dá o cu pra não sair.

• Para bom entendido, meia piroca basta.

• O homossexualismo não pode nem deve ser encarado como uma doença. Afinal, as doenças costumam ter cura.

• Nunca bata no seu filho homossexual. Ele vai ficar todo roxo. E roxo é cor de viado.

• Não sento em tudo que amo. Mas amo tudo em que sento.

• A Cassia Eller às vezes se veste de mulher e nem por isso é viado.

Tem viado que não encara uma xoxota nem por um caralho.

• Vamos salvar as nossas bichas. Eles são seres delicados e estão ameaçados de extinção porque não conseguem se reproduzir nem em cativeiro nem fora dele. Só você pode salvar essas criaturas. Eu não, porque eu não sou chegado.

• Travesti de amigo meu, pra mim, é homem.

• Agasalhe um croquete neste inverno.

• O travesti é como o militar: pode ser da ativa ou da passiva.

• Fracassou a greve dos viados: os cus abriram normalmente.

Bota que é cu de macho!

• Macho que é macho não usa supositório pra não dar mole pro azar e acabar gostando.

• Homem que usa cabelo preso está querendo chamar atenção pro rabo.

• Alguns homens são muito tentadores. Eles tentam, tentam, tentam e não conseguem comer ninguém.

• Todo homem tem um desejo inconsciente de voltar ao útero. O problema é que nem toda mulher deixa.

• Todo homem tem que estar preparado para o desabrochar da impotência.

• Consumidor macho não leva desaforo estragado pra casa.

• Um homem só consegue ter absoluta certeza de que está proporcionando prazer à sua mulher quando morre e deixa um bom seguro.

Macho que é macho não senta na banana. Senta no cacho.

Brasil, país do faturo

• A imagem do nosso país no exterior está cada vez pior. A situação chegou num tal ponto que não se sabe se o Brasil é feio assim mesmo ou tá chupando limão.

• Por que só mostram o lado ruim dos meninos de rua? Eles fotografam bem melhor de frente.

• Se os países mais corruptos do mundo fizessem uma fila por ordem de bandalheira, não teria ninguém na nossa frente. Mesmo porque o Brasil já teria passado uma grana pro cara do guichê de modo a ser atendido primeiro.

• O Brasil está mudando. Mas é preciso tomar muito cuidado com a mudança. Neguinho mistura tudo, quebra os copos e ainda some com o teu pôster da Letícia com a Sabatela de fora.

• As leis no Brasil foram feitas para serem compridas.

• A imagem do Brasil está péssima, mas o presidente já subiu no telhado do Palácio do Planalto para botar uma palha de aço na antena.

• Brasil, mame-o e deixe-o.

• O medo, a irracionalidade e a superstição nos impedem de ver, com clareza científica, que o problema do Brasil é um só: urucubaca!

• O Brasil precisa de transparência. Se tudo fosse mais transparente, a população pelo menos conseguiria ver os peitinhos da Letícia Spiller.

• Nosso solo é rico devido às enormes margens de lucro de nossos rios.

• Por que importar tanta merda lá de fora se o brasileiro, com a sua criatividade, o seu engenho, pode produzir sua própria merda aqui mesmo?

O Brasil tá botando macaco no prego pra pagar mico.

• Se o Brasil mudou, não deixou o endereço.

• Se a nossa índole é pacífica, por que o nosso oceano é Atlântico?

• Nossas matas são mais verdes, nossas empresas estão mais no vermelho e nossos bilhetes são mais azuis.

• O Brasil está entregue ao deus-dará. E Deus não tá com a menor cara de que vai dar!

• O Brasil é um paraíso: não temos vulcão, não temos terremoto e não temos a menor idéia de como vamos pagar a prestação da TV no fim do mês.

• Um país se faz com receptadores e livros-caixa dois falsificados.

• Um país se faz com homens, mulezinhas e um nheconheco gostoso.

O chato da retomada do crescimento é o bafo quente na nuca.

A cachaça é a minha cachaça

• Quem gosta de pé-de-cana é manicure de delegacia.

• Ressaca mesmo devem ter os gênios, que dormem na garrafa.

• Bebum é o que vai com muita sede ao porre.

• Pior que um bêbado chato, só um chato bêbado.

• Álcool de bêbado não tem dono.

• O álcool é capaz de grandes metamorfoses. Ele faz você ir para a cama com a Malu Mader e acordar com a Erundina.

• Bebo porque é líquido. Se fosse gasoso, peidava.

Calor na bacurinha

• Apesar do calor de quarenta graus, o melhor lance do verão é sempre a praia. Dá pra pegar umas ondas, umas minas, um câncer de pele...

• As nossas praias estão muito antipáticas e andam cheias de merda.

• Todo ano o verão chega nas praias do Rio. E logo depois chega a galera de Acari, que demorou um pouco mais porque teve que pegar um trem e dois ônibus.

Férias é que nem sexo no casamento: uma vez por ano e olhe lá!

• Verão é tempo de sol, cerveja e muita praia. Sol escaldante, cerveja quente e praia poluída.

Carecas, poucas-telhas, aeroportos de mosquito etc.

• Certos homens não são carecas. O calcanhar deles é que vai até a testa.

• O pior na careca é a sensação de vazio exterior.

• Você é careca? Na tua rua te chamam de bola de bilhar, teto solar e aeroporto de mosquito? Calma, controle-se. Senão você acaba ficando nervoso e querendo arrancar os cabelos...

Cérebro, você ainda vai ter um

• O pensamento é um poderoso instrumento, permanentemente ao alcance de todos, mesmo quando passamos o fim de semana inteiro assistindo televisão na casa da sogra.

• Use mais o seu cérebro! Evite que a sua cabeça seja considerada terreno improdutivo e seja invadida por sem-terra.

• Pensamento positivo não é capaz de saldar contas bancárias negativas.

• O homem só utiliza 10% da capacidade do cérebro. Os outros 90% ficam voando e só aparecem no final do mês para pegar o contracheque.

• O que é meditar? Toda vez que você está em sala de aula pensando num assunto que não vai cair na prova, você está meditando.

• Mesmo que você esteja pensando na calcinha da professora, você está meditando. Agora, se você pensa que ela vai te dar, aí você está delirando.

Chega de rodeio!

• Não se faz um omelete, nem se monta um cavalo brabo sem quebrar os ovos.

• O vestiário do rodeio, com toda a peãozada peladona, é o único lugar onde ninguém grita: "Seguuuuura peão!"

• Enquanto o boi baba, o peão ganha uma baba.

Ditos ditos pelo Dito(*)

- A preguiça é a mãe de todos os vices.

- Feliz é o Wagner Montes que paga meia em pedicure.

- Moda é igual a resfriado... Pega à toa...

- Com as pedras que me atirares ficarei cheio de hematomas.

- Atrás do caixão só não vai quem já morreu.

- Quem vive pelos cantos é bandeirinha.

Surfista que pensa perde a onda.

(*) Um amigo meu, você não conhece não.

• Coisa passageira é velha americana em férias no Rio.

• Tudo já está escrito. A foda é decifrar os garranchos.

• Longa vida aos meus inimigos para que eles vejam de quatro a minha vitória.

• Todo puxa-saco sabe que não se faz um omelete sem babar os ovos.

• O livro de memórias do Van Gogh tinha orelhas?

• Todos têm direito a um lugar ao sol. Mas, pelo amor de Deus, não na minha praia.

Cheirando maconha e fumando cocaína

• Precisamos acabar com esse vício mortal que são as drogas mal pesadas.

• Um quilo de maconha já está custando mil reais e lá vai fumaça!

• A guerra aos tóxicos não tem fronteiras. Os militares já declararam que não querem Brizola nem maconha na presidência.

• Adote um traficante antes que a polícia o faça.

• Definitivamente, a maconha não é uma droga. Droga é a maconha que andam vendendo por aí.

• Na vida de um jovem estudante, a dependência da maconha não é nada. Duro mesmo é a dependência em matemática ou biologia.

• O grande inconveniente da droga pesada é que ela é mais difícil de carregar.

• Na falta do futebol e da religião, o ópio é o ópio do povo.

• O uso do cachimbo de haxixe faz a boca de fumo torta.

• Quem tem telhado de vidro bate carreira no teto.

• Há algo no ar além dos aviões e das carreiras.

• Ao entrar numa briga na boca, nunca pergunte “Qualé o pó?”. Você vai fazer papelote de bobo.

• Ninguém se banha duas vezes no mesmo rio. Nem toma banho duas vezes no mesmo morro.

• O braço direito de um traficante é o cara que vai preso enquanto ele foge. É sempre melhor ter um braço direito na cadeia do que o corpo inteiro.

Se Leonardo da Vinci, por que eu não posso dar dois?

• Na Jamaica, o sujeito flagrado com 10 ou 15 gramas de maconha é preso e condenado por mesquinharia.

O cheque não compensa

• Pense sempre nos dois lados da moeda: ambos não valem nada.

• O dinheiro está para os homens assim como o orgasmo para as mulheres: todas vivem atrás dele e quando ele vem nunca acham suficiente.

• Antes do advento do dinheiro, a humanidade usava o sistema de troca, com exceção dos decoradores, antiquários e cabeleireiros, que já eram adeptos do troca-troca.

• Se os pássaros voam, por que os cheques não podem voar?

• Se o seu problema é dinheiro, procure-nos hoje mesmo para chorarmos um no ombro do outro.

• Tempo é dinheiro. Meu salário, por exemplo, dura onze minutos, trinta e dois segundos e quarenta e três centésimos.

• O lucro até que é legal. Imoral é o prejuízo.

• Nas férias, faça como os empresários mais sofisticados do Brasil: vá à falência.

• Promessa é dívida. Mas promissória é dúvida.

• Como dizia o seu salário: é hoje que eu vou me acabar!

• Economize. Antes de comprar uma briga, olhe primeiro o preço.

• O dinheiro não é tudo na vida. Também tem o ouro, as ações, os imóveis e os títulos bancários.

Quem ganha dinheiro com prestígio é a Nestlé.

• Chega uma hora na vida em que um homem tem que pensar em maneiras de fazer dinheiro. Mas cuidado: falsificação dá cadeia.

• Se merda fosse dinheiro, todo mundo ia dispensar o troco.

• Devo, não pago. Nego enquanto puder.

• Capital de giro é aquela grana que você precisa para dar uma volta com o broto.

• O fantasma do desemprego é a alma do negócio.

• Se a sua empresa começou a fazer água, bote um limãozinho, engarrafe e venda na praia.

• Tempo é dinheiro. Mas sempre é bom exigir identidade e CPF.

Não se mexe em salário que está perdendo.

• Todo economista tem certeza de que pode salvar o mundo do caos e do que os outros economistas que vieram antes dele fizeram.

• Não deixe o seu dinheiro parado. Leve-o para fazer jogging no Ibirapuera.

• Economize nos transportes. Corte as pernas dos membros de sua família para eles passarem por baixo da roleta.

• As ações são como as mulheres, têm algumas que são ordinárias.

• A preferência dos brasileiros pela poupança é um dado cultural. Já os americanos preferem a caderneta de peitança.

Com a baioneta na mão

• Militar é igual a baiano: tá sempre querendo botar o bloco na rua.

• Jovem, se você completou dezoito anos... Parabéns!

• Todo milico gostaria mesmo é que suas mulheres fossem que nem suas baionetas: caladas.

• Para acabar com as drogas, o Exército vai ter que subir o morro. Vai ficar, com certeza, milico beleza.

• As guerras são um espetáculo teatral. E o pior de tudo é que tem sempre debate no final.

• Um soldado desconhece o significado da palavra medo. Como o soldo dos milicos é baixo, ele não tem dinheiro para comprar um dicionário.

• A vantagem de uma guerra contra o Paraguai é que não precisaremos levar armamentos. Podemos comprar lá mesmo.

• Paz é que nem 69: sempre aparece um pentelho pra atrapalhar.

Tem milico que é tão apegado à profissão, que acaba casando com canhão.

• Na época da ditadura, tinha milico chamando urutu de meu louro.

Como era verde o meu repolho

• Para o movimento ambiental do eco-comedor, tudo na natureza é importante, desde que use saia e faça sombra.

• Não à caça desenfreada de jaburus! Vamos combater a queimada de filme.

• A fundação mata é virgem porque a fundação vento é fresca.

• No mato, não use a bandeira da ecologia para limpar a bunda.

• As melhores fontes alternativas de energia são Caracu com ovo, amendoim e ovo de codorna.

• Se as florestas forem devastadas, não existirão mais árvores. Sem árvores, não será mais fabricado o papel. E sem papel, como é que a editora Abril vai fazer a *Playboy* e expor ao mundo a Mata Atlântica da Feiticeira?

• Onde há fumaça, havia uma Mata Atlântica.

• Os empresários devem preservar as florestas e matas. Não há lugar melhor para o capitalismo selvagem.

• Proteja o verde de nossos dólares.

• Preserve os gatos pingados. Eles são só meia dúzia.

• Se os seres humanos não se preocupam nem com a devastação do meio ambiente, que dirá do ambiente inteiro.

• Toda essa discussão ecológica é muito preconceituosa. Afinal de contas, o buraco é do ozônio e ninguém tem nada a ver com a vida do cara.

Jacaré que bobeia vira Globo Repórter sobre a devastação do Pantanal.

O corno, esse incompreendido

• Corno é como Coca-Cola: existe em toda parte.

• O corno brabo é um bicho desconfiado. Apesar de tomar banho todos os dias, está sempre com a pulga atrás da orelha.

• O corno brabo também é conhecido como corno-do-mato porque está sempre gritando: “Eu mato! Eu mato!”.

• Em vez de procurar uma fêmea da sua espécie para reproduzir, o corno procura sempre uma galinha ou uma piranha.

• A reprodução dos cornos é complicada. Na época do acasalamento, a fêmea do corno vem sempre com aquele papo de que tá a fim de dar um tempo e que precisa conquistar seu espaço.

• O filho do corno nasce parecido com outro animal: o japonês da tinturaria, o encanador e até o síndico.

• De graça, até chifre na testa.

• Não adianta dizer que mata, que esfola, que dá tiro. Na hora agá o corno sempre abaixa a cabeça. Abaixa a cabeça pra andar no ônibus, abaixa a cabeça pra passar no túnel...

A cura da medicina

• A cura da epilepsia está muito próxima. Mas vai custar uma baba.

• Há homens que dedicam toda a sua vida à medicina. São os doentes crônicos.

• O estresse mata. Aprenda a relaxar pra não ficar com o sistema nervoso.

• Os ginecologistas sabem que é dedando que se recebe.

• Quem gosta de descolar um bico é cirurgião plástico de mama.

• A saúde, quando usada com moderação, pode trazer muito prazer e bem-estar à vida, desde que a sua utilização não prejudique o tabaco e o álcool.

• Os medicamentos devem ser mantidos fora do alcance das crianças. E as enfermeiras, fora do alcance dos pais das crianças.

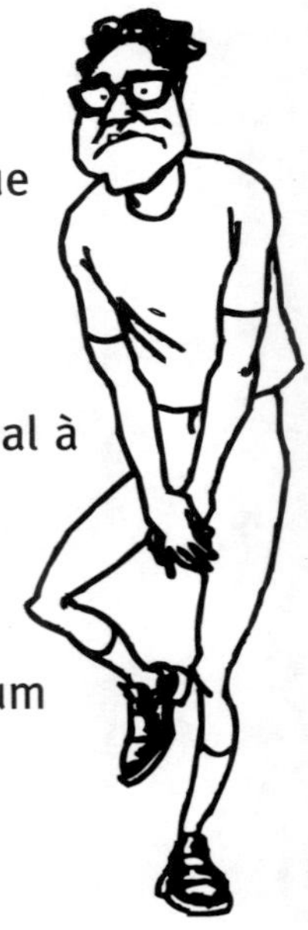

• Existem mais coisas entre o céu e a terra do que supositório a nossa vã filosofia.

• O Ministério da Saúde adverte: doença faz mal à saúde.

• Se você quer se abrir com alguém, procure um bom proctologista.

• Para a proctologia, toda doença é de fundo nervoso.

• A vida do proctologista é um cu.

A inveja e o exame de fezes são uma merda.

• Graças às pesquisas científicas, os ratinhos brancos de laboratório não sofrem mais enfarte, não têm mais problemas de colesterol, diabete, câncer ou impotência. Os cientistas agora precisam urgentemente inventar um jeito de transformar os seres humanos em ratinhos brancos.

Deixa de história, Brasil!

• O bandeirante se embrenhou cada vez mais nas nossas matas na busca de um lugarzinho discreto onde pudesse cagar em paz.

• Ao iniciar o desbravamento do interior paulista, os bandeirantes nem sonhavam que um dia viriam a ser avião e rede de tevê.

• De índole expansiva e sempre aberto a novos relacionamentos, o português mesclou-se com o índio, o negro, o cafuso, o mameluco, o emboaba, o niteroiense e ainda saiu correndo de pau duro atrás das capivaras.

• Como primeiros habitantes do Brasil, os índios pegaram os lugares da frente, o que causou conflitos com os portugueses que não conseguiam ver o show de mulatas por causa dos cocares.

• A primeira missa no Brasil foi o maior programa de índio.

• O Cabral devia ser meio esquisitão, senão, por que ele escolheria pro nosso país o nome de um pau?

Deu pra passar?

• Na hora da prova, a cola não é pra cheirar, é só pra copiar.

• Nesses tempos de Aids, todo cuidado é pouco. Ao colocar tachinha na cadeira do CDF da primeira fila, use tachinhas descartáveis.

• No Brasil só se toca no assunto educação quando se fala de colégio eleitoral ou escola de samba. E brasileiro só vai ao ginásio quando tem jogo de vôlei.

• Muita gente boa se formou na escola da vida. E é só você começar uma conversa pra perceber que são todos repetentes.

É duro ser duro

• Com os salários do jeito que estão, os trabalhadores não estão conseguindo nem pagar mico.

• Basta de pouca-vergonha! Até os aposentados já querem receber sem trabalhar.

• O cálculo do salário mínimo caiu numa fórmula primária, valendo-se de velhos algarismos e sinais matemáticos batidos.

No outono, até as folhas de pagamento caem.

• O movimento sindical reclama do contracheque. Mas também neguinho é contra cada coisa!

• Se você nunca viu a cor do dinheiro, além de pobre deve ser cego.

• Não reclame por viver com a corda no pescoço. Tiradentes também esteve assim e hoje é herói nacional.

• Sonho de pobre é morrer na maior grana.

• Quem dá aos pobres não deve se aborrecer ao ser chamado de boiola.

• Esse teu negócio de querer ganhar dinheiro não seria uma negação da sua própria pobritude?

• O povo não é bobo. Mas tem a maior cara.

 • O pior pobre é o que acumula e é burro também.

• No carnaval, alegoria de pobre dura pouco.

• O arrastão é uma espécie de *free shop* do pobre.

• Quem dá aos pobres, empresta... adeus!

• Pobre quando come galinha, um dos dois está a perigo.

• O pobre é um animal onívoro, que come tudo o que vê pela frente e, o que é pior, mastiga de boca aberta.

• Não importa em que lugar do mundo esteja, o pobre sempre mora longe.

• Alegria de pobre é bater com o carro do patrão.

• É preciso ver a beleza até nas coisas mais feias e insignificantes como o seu contracheque, por exemplo.

• A voz do povo é a voz de Deus. Mas o povo preferia que a voz fosse a do Julio Iglesias.

• Por que não mudar logo o nome de salário mínimo para salário ridículo?

Pobre quando come galinha, ela engravida.

Entrando com bola e tudo

• Para diminuir a violência no futebol, o chute no saco só devia ser permitido da cintura pra cima.

• Cartola pode até não gostar de futebol, mas adora levar uma bolada.

• Maradona não gostava de bater faltas. Vivia pedindo pro Caniggia: "Pô, bate uma aí pra mim!"

• Tem goleiro que é tão metido a besta que só aceita engolir frango se for chester.

• A seleção é a pátria de chuteiras, mas alguns treinadores são a pátria de ferraduras.

• Se o cabeça-de-área da seleção é bom porque dá carrinho, então, por que não convocar o Papai Noel que dá carrinho, boneca e *videogame*?

• O homem é um produto do meio. Já o homem-gol é um produto do meio-de-campo.

• O único banco de reservas que funciona no Brasil é a Casa da Moeda.

• Torcedor, leve sua sogra ao estádio. De preferência, no meio da torcida adversária.

• A mais antiga referência ao futebol se encontra na Bíblia: Coríntios *versus* São Paulo.

Em Pelotas, futebol é boiola na rede.

• O futebol contribuiu de forma decisiva para o desenvolvimento da ortopedia, dos raios X e do Gelol.

• A Copa do Mundo é como o sexo na vida dos ingleses: acontece de quatro em quatro anos e o resultado nem sempre é satisfatório.

• Os sem-terra vão ocupar todas as terras improdutivas. A começar pelo círculo central do Maracanã, onde não se cria nada há muito tempo.

• Punheta é tão importante que devia ser batida pelo presidente do clube.

Ê povinho bunda!

• O brasileiro é um povo muito crédulo e ignorante. Crédulo porque acredita em qualquer coisa que lhe contam. E ignorante por não ter a menor idéia do que quer dizer crédulo.

• Só o brasileiro é capaz de acreditar em economistas, em histórias de economistas e, o que é pior: em planos de economistas.

• A grande dificuldade dos brasileiros que vão para os Estados Unidos trabalhar de garçom é somar em inglês.

• Patriotas em lua-de-mel se fodem de verde e amarelo.

• Com a dura vida que leva, o brasileiro não está mais preocupado em entrar pelo cano, e sim em morar lá dentro numa boa, a salvo da chuva.

• O brasileiro conhece muito pouco sua língua. Ele só usa a língua corretamente para fazer safadeza.

• Só mesmo uma boa bunda faz o brasileiro parar no sinal vermelho.

Esporte? Só por esporte

• Pé de atleta tem cura, já cabeça...

• Os ginastas olímpicos seguram a maior barra.

• No voleibol feminino, caiu na rede é peito.

• Os punhos de Mike Tyson são mais grossos que a cintura da Bruna Lombardi. Seu pescoço dá três pescoços da Monique Evans. Seus bíceps são maiores que as coxas da Xuxa. Seu plexo dá quatro do da Luma de Oliveira. Enfim, o cara é um mulherão!

• Os lutadores de jiu-jítsu sempre possuem uma invulgar curiosidade pela mecânica. Eles têm a mania de desmontar objetos e pessoas para ver como são por dentro.

• Numa luta de boxe, o juiz é o único dentro do ringue que sabe contar até dez.

• O judô é disputado na categoria masculina por atletas machos e na feminina por atletas mais machos ainda.

• Numa prova olímpica de corrupção, a equipe da polícia brasileira leva, sem dúvida, ouro, prata, bronze e umas cervejinhas.

O salário de um jogador de basquete não tá dando nem pra cesta básica.

• O sonho de muitas modelos européias, que vivem no circo da Fórmula Um, é casar com um piloto. Afinal, quem não quer se arrumar com um motorista milionário que passa os fins de semana fora de casa?

• Na *pole position*, o piloto fica por cima.

?!

FRASES PERDIDAS À PROCURA DE UM CAPÍTULO

• Os *hippies* eram aqueles sujeitos cabeludos que não queriam a guerra, não queriam viver numa sociedade consumista, não queriam entrar pro sistema, nem no banheiro pra tomar banho.

• Um babaca prevenido vale por dois manés.

• Não se sinta inferior por ser um babaca. Até o Garrincha era Mané.

Leila Diniz era tão avançada que já fazia 69 em 68.

• Tem muita cantada por aí que é *playback*.

• O futuro do pretérito a Deus pertenceria.

• O estrupo é uma forma de violência contra a gramática.

• O cachorro abana o rabo porque o rabo, enquanto segmento discriminado do corpo da sociedade, ainda não conquistou o direito de abanar o cachorro.

• A ruptura do tecido social ocorre quando aquele negão encanador toma uns gorós a mais e rasga a roupa da galinha do terceiro andar.

• O primeiro hímen a gente nunca esquece.

• A mata é virgem porque o vento escorrega no quiabo.

• Virgindade não é como pênalti: você pode perder.

• Como dizia o fanho: "Viado, só amanhã."

Esse Brasilzão de meu Deus

• A violência no Rio não existe. Isso é bala que botam na cabeça do povo.

• O carnaval de rua no Rio morreu. E a polícia não tem a menor pista dos assassinos.

• Nos morros cariocas, organizam-se quadrilhas mesmo fora da época de São João.

• Nos dias de alegria e confraternização, os traficantes cariocas distribuem balas à população carente.

• Nem tudo no Rio de Janeiro é uma zona. Tem também a bagunça e o desmando.

• No Rio, organizado mesmo, só o crime.

• Boa notícia para os cariocas! Cientistas encontraram traços de Oceano Atlântico no cocô recolhido nas praias do Rio de Janeiro.

• Mesmo com o despejo freqüente de toneladas de esgoto na Baía de Guanabara, o Rio de Janeiro cocôntinua lindo. Uma cidade cocôsmopolita, com o Cocôvado, a praia de Cocôcabana, São Borrado e a enseada de Bostafogo.

• Rio de Janeiro, vidão, praia, solzão, um chopinho... Agora, só falta pintar aquela moreninha, pele bronzeada, marrom da cor do mar...

• Mineiro é tão conservador que comemora bodas de prata com a amante.

• Mineiro só é solidário na solitária.

• Todo gaúcho gosta de tomar na cuia.

• O separatismo sulista pode levar o país a uma luta mais sangrenta que churrasco, mais amarga que chimarrão e mais chata que os Engenheiros do Havaí.

O paulista é tão ligado ao seu carro que prefere que roubem a sua mulher.

• A única função do Espírito Santo é aumentar a distância entre o Rio e a Bahia.

• Sua vida está sem rumo? Você precisa encontrar um norte? Se muda pra Manaus, pra ver o que é bom.

• Em Santa Catarina, na tradicional festa da Farra do Boy, milhares de contínuos são linchados toda vez que chegam atrasados no trabalho.

• O aparelho eletrônico de maior sucesso no Nordeste é o videocassete com quatro cabeças chatas.

• O nordestino tem muitos filhos porque é retirante. Retirante e colocante, retirante e colocante, retirante e colocante...

• Desafio é quando dois cantadores nordestinos se encontram em praça pública pra fazer rima com a mãe do outro.

• Alagoas não fica no Nordeste. Fica no Faroeste.

O sertanejo é antes de tudo uma dupla.

• O folclore de Alagoas é muito rico. Deve ser porque sonega o imposto de renda.

• Uma embarcação típica de Alagoas é a jangada. Mas o transporte mais utilizado é a jogada, muito usada na pesca do roubá-lo.

• Tudo bem que existe discriminação contra os nordestinos. Mas tem uns paraíbas cearenses que vivem fazendo baianada. Pô, parece coisa de sergipano!

• Quando você estiver na maior merda, conheça o Piauí. Você verá que podia ser bem pior.

• Guarapari, Camboriú, Guarujá. Estes balneários têm nomes indígenas porque era lá que os índios faziam seus programas.

• Muita gente sonha em ir morar no Pantanal. Pra tirar o pé da merda e botar o pé na lama.

• O povo catarinense é a prova de que o brasileiro também pode ser alemão.

Estados Unidos dos EUA do Norte

• Brasil, miami-o ou deixe-o.

• Miami é a única cidade brasileira que fica no Primeiro Mundo e a única cidade americana que fica no Terceiro Mundo.

• O Brasil tem dois tipos de retirantes: os retirantes pobres que se retiram do Nordeste e vão pro Sul e os retirantes ricos que retiram todo o dinheiro do banco e vão pra Miami.

• Em Miami o turista brasileiro prefere comprar nas lojas onde se fala português pra poder ser enganado na sua própria língua.

• Milhares de mineiros saem de Governador Valadares, uma cidade de merda, pra viverem numa cidade de boston.

• São Francisco é uma espécie de Disneylândia da boiolada.

• No Havaí, todas as sandálias são havaianas.

Eu dirijo, Deus me livre

• A cada cinco minutos quatro pessoas são atropeladas, 6 são vítimas de omissão de socorro, 3 ficam presas nas ferragens e mais de 50 curiosos ficam olhando sem fazer nada.

• É incrível a quantidade de veículos que trafegam com pneus e motoristas carecas.

• O pedestre brasileiro não sabe usar a passarela. Ele precisava fazer um curso de modelo e manequim.

• O brasileiro no trânsito é um omisso. Até na hora de ser atropelado ele tenta tirar o corpo fora.

• O motorista profissional, devido a uma estafante jornada de trabalho, mal tem tempo de ir ao banheiro e se vê obrigado a fazer merda no trânsito.

Existem dois tipos de mulheres no volante: a que ainda não aprendeu a dirigir e a que já desistiu.

• Para ter um carro importado, é preciso ter grana para comprar dois. O importado, que fica parado na garagem, e um nacional, que é pra neguinho bater, arranhar, arrancar a antena e roubar o toca-fitas.

Europa, turopas, eleropa

• Os supermercados franceses são tão atenciosos que oferecem máscaras antigás pra quem vai à seção de queijos.

• Para não fazer feio diante de um francês, peide ao servir queijo-de-minas.

• Os ingleses são tão esquisitos que na Inglaterra quem dirige é o carona.

• Na Suíça, até a torcida de futebol é neutra.

• Em Roma, o turista desavisado tem que conviver com o péssimo estado das ruínas locais.

• A Suécia é a pátria do filme de sacanagem, o que às vezes é muito chato. Toda vez que o carteiro toca a campainha, além de receber as cartas, a mulher tem que transar com ele.

• Alemão que come salsichão sabe o chucrute que tem.

• A Suíça é um mundo de faz de conta numerada.

• O único escocês honesto é o uísque.

• A Convenção de Genebra classificou a gaita-de-fole como instrumento de tortura.

• Os pratos típicos da Itália são o *carpaccio* e o *felaccio*. Apenas no segundo é considerado falta de etiqueta falar com a boca cheia.

• Quem tem bocada vai a Roma.

Se você quer saber como se virar em Paris, pergunte a um travesti brasileiro.

• Ir a Roma e não ver o papa é o mesmo que ir ao Rio de Janeiro e não ser assaltado.

• A independência da Bósnia-Herzegóvina está destinada ao fracasso porque ninguém consegue gritar o nome do país nas manifestações.

• A situação na Iugoslávia não croata nem desata.

• Quem não vive pra ser sérvio, não sérvio pra viver.

Família. Primeiro a mãe, depois a filha

• A geladeira é um fator de integração familiar. Em que outro lugar da casa você pode encontrar seu pai de madrugada, fora o quarto da empregada?

• Tem nego latindo pra economizar cunhado.

• Família boa é família longe.

• O bom de almoço em família é que começa cedo e a gente tem mais tempo pra brigar.

• Nem sempre as famílias brigam. Só quando estão juntas.

• Certas coisas na vida familiar devem ser levadas a sério. Filho, por exemplo, não dá pra fazer nas coxas.

• Festa em família todo mundo enche a cara e fica alto, com exceção do nível, que continua baixo.

Filhos porque quilhos

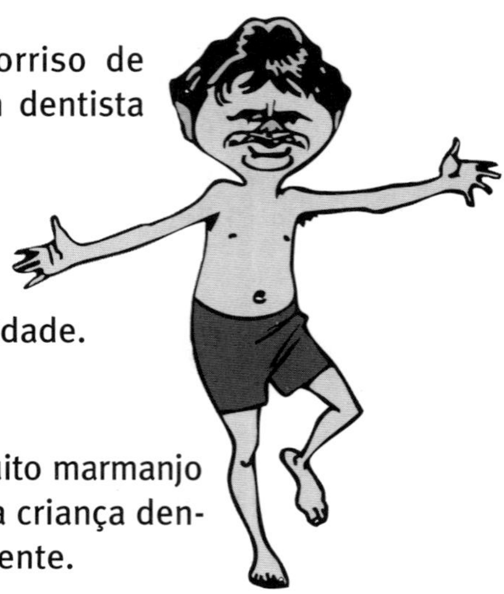

• Enquanto houver um sorriso de criança, sempre haverá um dentista faturando.

• Se criança fosse bom, creche não cobrava mensalidade.

• No Dia da Criança, tem muito marmanjo por aí dizendo que tem uma criança dentro de si só pra ganhar presente.

• Todo pedófilo passivo tem uma criança dentro de si.

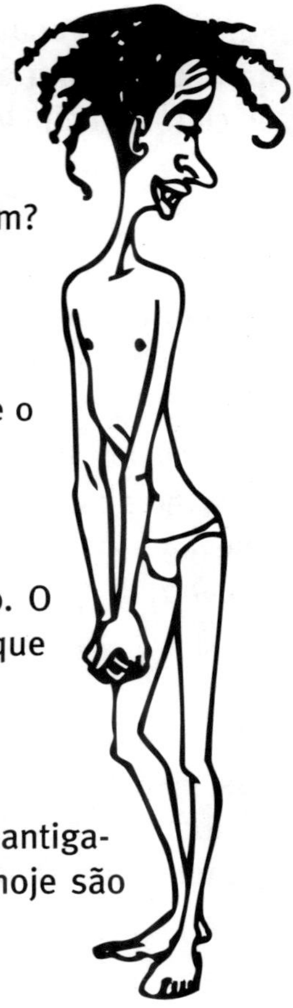

• Seu filho usa saia e não come ninguém? Calma, vai ver ele é padre.

• Na hora de pegar no batente, verás que o filho teu não vai à luta.

• Converse francamente com o seu filho. O orgasmo, por exemplo. Ele precisa saber que porra é essa.

• As crianças de hoje não são como as de antigamente. As de antigamente cresceram e hoje são adultas.

• É triste ver nossas crianças pelas ruas fazendo avião. Até quando o vício do aeromodelismo destruirá as gerações do futuro?

• O bom filho da puta à casa da mãe Joana torna.

• Incentive a criatividade de seus filhos através do artesanato. Deixe, por exemplo, que eles mesmos confeccionem os cintos e chinelos com que vão apanhar depois.

• Muitos empresários preparam os filhos para trabalhar em suas firmas. É um salário a menos a pagar no futuro.

• A adoção de crianças no Brasil é emperrada por uma legislação obsoleta e fora da realidade. Por que não incluem novas formas, como o *leasing*?

• O pai moderno não é responsável apenas pela educação do filho homem. Ele também deve se aproximar da filha. Afinal, ela tem cada amiguinha gostosa...

• Em vez de reprimir, os pais deveriam entender o que se passa na cabeça dos adolescentes. Essa coisa de "ficar com", por exemplo, deve ser encarada com naturalidade. Sempre que sua filha e sua mulher saírem de casa, "fique com" a empregada.

O fim do mundo é o fim do mundo!

• A vida humana na Terra é como o papel higiênico no banheiro: pode acabar a qualquer momento e quando a gente se der conta a cagada já está feita.

• Na guerra nuclear, com a destruição de todos os países, o Brasil finalmente vai passar de oitava economia do mundo para sétima.

• Quando baixar a poeira da última bomba atômica, o sol vai nascer para todos. Oba, vai dar praia!

• Os quatro cavaleiros do apocalipse já são 37. Sem contar a peste, que partiu para uma carreira solo.

• Quando o mundo for devastado e a humanidade dizimada, ainda sobrará um homem. E ele vai poder ir ao banheiro de porta aberta.

Governo, você ainda vai ter um

• É recomendável a troca do ministro dos Transportes a cada cinco mil quilômetros de rodovias roubados.

• Depois de entregar tudo para a iniciativa privada, o governo vai ter que dar a descarga.

• Governar é abrir estradas e contas na Suíça.

• É preciso tomar medidas urgentes! Chamem um alfaiate, imediatamente!

• Não importa o tamanho do ministério e sim as verbas que ele proporciona.

• Para o bem de nossa democracia é preciso saber se o dinheiro público está sendo usado em negócios escusos ou simplesmente em roubalheiras.

• Assim como os diamantes, as dívidas do governo são eternas.

Governar é abrir bocadas.

Japão: grandes empresas, pequenos negócios

• Até hoje não se conseguiu descobrir irmãos gêmeos no Japão. Ou será que todos os japoneses são gêmeos?

• Peru de japonês é como rifle: para ter precisão, só com mira telescópica.

• Nem todo mundo que está com a mão amarela peidou. Às vezes é só um japonês.

• Coreano é igual paulista. Tem cara de japonês, trabalha o tempo todo e não sabe falar português.

Judeu, bateu na trave entrou no teu

• As primeiras tribos israelenses cobravam um imposto de acordo com o tamanho do pau do cidadão. Daí veio a prática de, assim que o judeu nascia, cortar um pedaço pra obter um desconto.

• Judeu não gosta de chupar buceta porque a xereca fica muito perto da câmara de gás.

• No acordo com os palestinos, Israel garantiu que não vai dar o primeiro tiro. Vai só emprestar.

• Em Israel, a maior sacanagem é dar desconto.

• No Oriente Médio, apressado come quibe cru.

A justiça é cega e o Stevie Wonder também

• Dize-me com quem andas e te direi quem és na presença do meu advogado.

• Justiça é igual a carro a álcool: custa a pegar.

• Não trafique, não mate, não estupre... sem antes comprar um advogado.

• No Brasil, o inverno e os inquéritos não são rigorosos.

• Um japonês que tem o pênis cortado pela esposa ciumenta deve recorrer ao tribunal de pequenas causas?

• Numa noite chuvosa de sábado, um advogado solitário pode fazer justiça com as próprias mãos no banheiro?

Não freqüento tribunais que me aceitam como advogado.

• Tudo bem, a justiça é cega. Mas isso não é motivo pros juízes botarem aquelas roupas ridículas.

• Não assine nada... Sem antes comprar uma caneta.

• Quem faz Direito, já começa fazendo errado.

Latindo pra economizar cachorro

• A competição e o consumismo na classe média não têm limites. Já tem filha reclamando por ser a única da rua que ainda não foi seqüestrada e que, por isso, ninguém quer namorar com ela.

• É grave a crise. O Joãozinho Trinta tá valendo, no máximo, uns 24.

• Atravessamos uma crise moral sem precedentes. Ninguém mais sabe o que é certo e o que é errado. E nem tem grana para comprar o gabarito com as respostas.

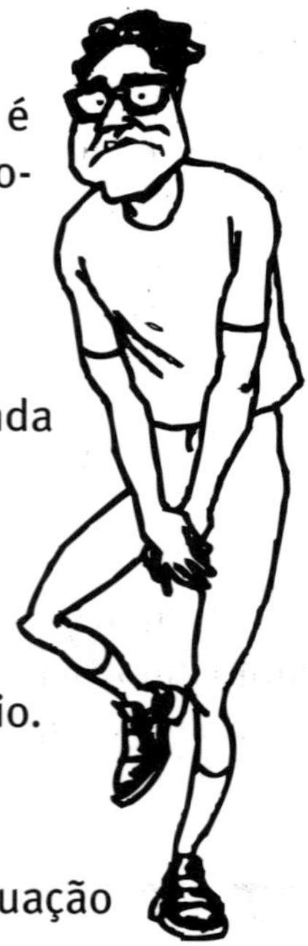

• O país está entregue às baratas. E, o que é pior, elas estão em greve, exigindo reposição salarial e um novo plano de carreira.

• Aonde vamos parar? Até Papai Noel já anda saindo com veados!

• A crise tá braba. Até os cus estão sendo obrigados a fazer bico para inteirar o salário.

• Os míopes não estão vendo a atual situação com bons olhos.

• É preciso ter fé e acreditar que toda essa crise vai terminar, antes que a próxima comece.

• A crise ainda não chegou às classes mais favorecidas. Foi barrada na portaria.

• Tem empresário que não está conseguindo pagar nem boquete.

• Tem gente levando marmita vazia pro trabalho pra fingir que come e não passar vergonha. E depois ainda vai ao banheiro e finge que caga.

• Um faminto, hoje em dia, não consegue nem nutrir esperança.

• Na situação a que chegamos, já dá para ver a falta de luz no fim do túnel.

• Apesar de toda essa crise, nossas elites não estão nem aí. Estão de férias nas Bahamas.

• O mundo está cheio de mentira, maldade e ilusão. Tirando Papai Noel, não se pode acreditar em mais ninguém.

• O mundo vive momentos de apreensão. Se você é contrabandista, cuidado.

Assim como o Michael Jackson, as coisas também precisam ficar claras.

• A vida nas grandes cidades está cada vez mais desumana. Os mudos já não se falam, os cegos nem se olham e os manetas não se cumprimentam mais.

• A violência está cada vez mais violenta. O Brasil não é ovo, mas vive chocado.

Ditos ditos pelo Ditinho(*)

• Em terra de cego, quem tem olho é cu.

• O sonho não acabou. E ainda temos pão-doce, maria-mole e queijadinha.

• Os brutos também mamam.

• Uma biblioteca se faz com livros e livros.

(*) Irmão do Dito, um amigo meu, você não conhece não.

• Uma suruba se faz com homens e mulheres.

• Uma sauna gay se faz com homens e homens.

• Os peito é bom e eu gosto!

• Longa vida ao leite de caixinha, pra que ele assista de pé à minha vitória.

• Liberdade, ainda que à tardinha.

• Liberdade é passar a mão na bunda do guarda.

• Mulher grávida vive reclamando de barriga cheia.

• Dentre os bilhões de espermatozóides que são lançados no colo uterino, apenas um consegue fecundar o óvulo, porque deu grana pro porteiro e comprou o gabarito da prova.

Quem gosta de regra é fabricante de Ob.

• Não importa saber de onde viemos e nem pra onde vamos. O importante é pegar um lugar na janela.

• Quem fica feliz quando tá duro é caralho.

• Por que as catástrofes terminam sempre em tragédia?

• Vinte séculos de civilização e ainda não sabemos quem somos, para onde vamos, quanto custa a passagem e se o ônibus não tiver ar-condicionado eu não vou!

• Tudo já foi feito, tudo já foi dito. Mas por que em inglês, que a gente não entende?

Literadura

• Livros de auto-ajuda são aqueles que você compra pensando que está se auto-ajudando, mas na verdade está auto-ajudando o autor do livro.

• O Sherlock até que não, mas o Watson era um personagem muito elementar.

• Tem muito escritor analfabeto que não ousa declinar seu nome. Verbo, então, nem pensar.

• O português é uma língua muito fácil. Afinal, um troço que é falado em Portugal, qualquer idiota é capaz de aprender.

• Para vencer na vida é muito importante aprender uma língua. Nem que seja a do seu país.

• A gente temos que se preocuparmos com o pobrema do aunafabetismo.

• Órfão pode ser analfabeto de pai e mãe?

© Toviassú

Mãos ao alto, isso é um planalto!

• Brasília é um lugar místico, esotérico, onde acontecem fenômenos intrigantes: todo dinheiro que vai pra lá desaparece e a Câmara e o Senado vivem cheios de fantasmas.

• O clima seco, quase árido, de Brasília obriga seus habitantes a molhar a mão de cinco em cinco minutos.

• Definitivamente Brasília não é o cu do mundo. É só uma réplica muito bem-feita.

• Se Brasília fosse bom, o Oscar Niemeyer morava lá.

Mulher, sabendo usar, não vai faltar

• Lugar de mulher é na coisinha.

• As melhores mulheres ainda costumam ser as do sexo feminino.

• Mulher é como automóvel em engarrafamento: passa o dia inteiro buzinando no seu ouvido e, quando você quer, ela não pega.

• As mulheres do mundo inteiro já estão discutindo a questão do assédio sexual, principalmente as encalhadas, que consideram um crime não fazerem isso com elas.

Mulher é que nem kiwi: é gostoso, mas é esquisito.

• Tem mulher que vira ecologista só pra botar um galho na cabeça do marido.

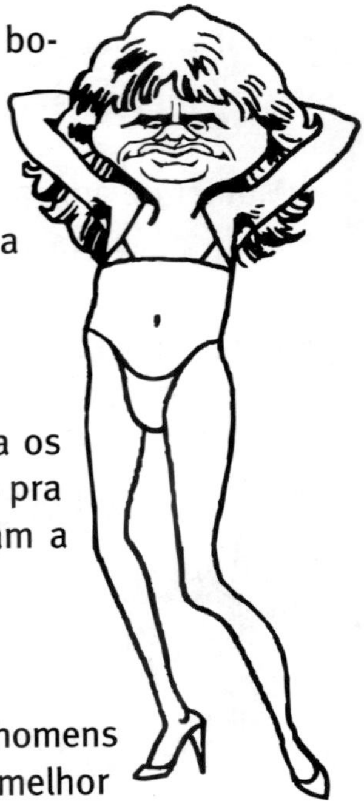

• Algumas solteironas não querem nada com o trabalho de parto.

• O sutiã é uma espécie de óculos para os peitos. Quando os peitos estão olhando pra frente, tudo bem. Mas quando começam a ficar vesgos, é preciso usar o sutiã.

• As mulheres hoje já competem com os homens de igual para igual. Tem mulher que já é a melhor no seu metiê. No chupiê também.

• Mulher é que nem escada. Tem que ter onde segurar.

• Hoje em dia, a mulherada tomou conta de todos os esportes, e isso é aceito com muita naturalidade. Até no boxe, foi uma mulher quem derrubou o Mike Tyson.

• Ainda existem mulheres que quando fazem uma comidinha para o seu namorado torcem pra ele gostar. Às vezes torcem o braço, outras vezes torcem o pescoço.

• Mulher e mingau se come pelas beiradas.

• Mulher de amiga minha, pra mim, é homem.

• Com a liberação dos costumes, as feministas estão por cima. Mas nem assim conseguem gozar.

• As mulheres frígidas são como os restaurantes japoneses: estão por toda parte e não dá pra entender por que tanta gente ainda insiste em ir lá pra tentar comer alguma coisa.

• Para muitas mulheres pênis é um sapato esportivo usado por fanhos.

• Está na hora das mulheres ocuparem seu espaço no mundo. Nem que seja engordando.

• A legítima fofoqueira, quando nasce e leva a tradicional palmada, já vai dizendo pro médico: “Tá pensando que eu sou igual a essa sua assistente pra ir logo passando a mão na bunda?”.

• A Sharon Stone é como disco voador: todo mundo diz que viu, uns poucos fazem ar superior e garantem que já estiveram lá dentro e um dia a gente ainda descobre que é tudo invenção do cinema americano.

• Não é preciso ser neurocirurgiã para saber mexer com a cabeça dos homens.

• Toda mulher tem uma criança dentro de si, principalmente quando está grávida.

• O lugar onde as mulheres ficam mais excitadas é o *shopping*.

• Os peitos são como os prédios. Quando eles começam a crescer, ninguém imagina que um dia aquilo vai despencar.

• Mulher rica preocupada com justiça social, ou é falta de pica ou é falta de pau.

• Triste da mulher que passou pela vida sem ter sido enredo de uma única punheta.

• Mais vale um canhão na cama do que dois aviões voando.

• Quem namora marombeira tem que fazer a maior ginástica pra ela ficar toda malhadinha.

• O problema sempre foi cabaço. De uns tempos pra cá é que virou cabeça.

• Só cachorra dá o telefone do cachorrinho.

• A cachorra é a melhor amiga do homem, do pagodeiro e do jogador de futebol.

• Cachorra é uma forma muito indelicada de chamar uma galinha de piranha.

Música, cai em si, vem de ré que eu vou sem dó

• John Lennon era um inglês típico. Só trocou de mulher quando encontrou outra mais feia.

• Apesar de japonesa, Yoko Ono ficou conhecida como o dragão chinês.

• Como diria Michael Jackson: é de menino que se chupa o pepino.

• Todo astro pop internacional decadente sonha em vir ao Brasil e fazer dois shows. Um em Buenos Aires e outro em Montevidéu.

• Diarréia em astro da música pop é a única hora em que ele faz uma merda que não vende cinco milhões de cópias.

• Se tivessem nascido no Brasil, os Jackson Five teriam virado ala de escola de samba mirim.

• Michael Jackson percebeu que não era mais crioulo no dia em que o porteiro da sua mansão parou de obrigá-lo a entrar pela porta dos fundos.

• Michael Jackson se casou pra poder molestar as suas próprias crianças.

• Enquanto órgãos internacionais, a ONU e o pau do Michael Jackson deixam muito a desejar.

• Aos oito anos, Jimmy Hendrix ganhou sua primeira guitarra. Mas assim que o dono da guitarra descobriu, encheu ele de porrada.

• No mundo pulsante do *rock' n roll* existem os revoltadinhos e os que querem encher o rabo de dinheiro. Ambos acabam enchendo o rabo de dinheiro.

• Kurt Cobain, o ex-líder do Nirvana, morreu enforcado no seu próprio vômito.

• O rock brasileiro se deixou influenciar por esses ritmos americanos.

• João Gilberto levou nossa música para o exterior. Mas ficou o tempo todo trancado com ela dentro do quarto do apart-hotel.

• João Gilberto só concordou em nascer depois que a equipe médica diminuiu a luz e desligou o ar-condicionado da sala de cirurgia.

• Quando será que nossos grupos de rock vão fazer sucesso no exterior e deixar nossos ouvidos em paz?

• Elvis não morreu porque não morava em Vigário Geral.

• Metaleiro balança a cabeça pra ver se o cérebro pega no tranco.

• O rock é um estado de espírito. O Roberto Carlos, por exemplo, nasceu no estado de Espírito Santo, portanto ele é rock.

• Neurônio de roqueiro é que nem mãe: só tem um.

• O Rod Stewart tinha muito mais criatividade quando era coveiro. Aí, sim, ele ia fundo.

• Como dizia Beethoven: "Hein? O quê? Dá pra falar mais alto?"

N

Na Amazônia, floresta é mato!

• Com tanta discussão, fórum, debate, mesa-redonda, a Amazônia já devia ter sido promovida a culhão do mundo.

• Seringueiro é que nem garoto de programa: ganha a vida tirando leite do pau.

• O garimpo na Amazônia pode ser exercido apenas com uma picareta e um vigarista.

• Nunca pague um seringueiro com um cheque borrachudo.

• A Amazônia, pulmão do mundo, está doente. E não vai ser mole tirar a chapa.

Não faz mal, não faz mal, limpa com jornal

• Como arauto da verdade, o jornalista deve prestar atenção aos fatos, analisar a notícia, checar bem as fontes e só então ver quanto ele consegue descolar pra não publicar aquela informação.

• Chateaubriand, o grande nome da nossa imprensa, acabou desgostoso com o jornalismo, abandonou a profissão e resolveu virar filé.

Muitos jornalistas sonham em ganhar o Prêmio Esso, mas acabam trabalhando num Posto Shell.

• O bom jornalista deve ter como meta a objetividade, a imparcialidade e a isenção no Imposto de Renda.

• A palavra ombudsman vem do sueco *bjrntaadl*, que em norueguês quer dizer ombudsman.

Negritude afro-negra

• Graças à abolição da escravatura, o negro conquistou um lugar na sociedade brasileira: no quarto de empregada, com direito a folga todo fim de semana.

• Branco correndo é estelionatário. Preto correndo está atrasado para o seminário sobre Zumbi dos Palmares.

• Nada mais transitório que permanente em cabelo de crioulo.

• Não é politicamente correto chamar a lousa de quadro-negro. O certo é chamar de quadro afro-brasileiro.

• Entre os canibais africanos, comer alguém não é exatamente uma sacanagem.

• Está provado que, na África, existe um percussionista por habitante.

• Alegres e hospitaleiros, os canibais costumam brincar com a comida antes de prepará-la. E às vezes até a comem, antes de comê-la.

Pagando micro

• Computador é igual a mulher boa: todo mundo diz que gosta, que entende, mas poucos sabem como é que funciona, como é que mexe e onde liga.

• Os computadores são como as carroças: sempre tem um burro na frente.

• Os analistas de sistema adoram fazer programa, mas só entre eles. O que obriga suas mulheres a chamarem o padeiro, o leiteiro ou o entregador de pizza.

• Graças ao avanço da internet na área do lazer, o desocupado de hoje tem ao seu alcance milhares de oportunidades e coisas pra não fazer.

• Em computador de bicheiro, os dados já são processados por um advogado.

• Com o advento dos *videogames*, a punheta finalmente chegou à era eletrônica.

• Hei de vencer, mesmo sendo provedor.

• Os computadores evoluíram muito, mas o ser humano continua a mesma merda.

Pela demarcação do programa de índio!

• O brasileiro é muito desinformado sobre os índios, que só conhece de ver nos desfiles do Cacique de Ramos.

• Em suas reservas, os índios circulam à vontade, de camiseta, sandália havaiana e com o pinto de fora, que é pra ver se atraem alguma antropóloga.

• Por que os índios têm que ficar sempre na reserva? Dá tranqüilamente pra eles pegarem uma vaga de titular no Botafogo ou no Fluminense.

• Na cultura indígena, a prática do homossexualismo é desconhecida, muito embora seja comum a prática da sodomia entre os homens do mesmo sexo, mas somente com fins de procriação.

• Como caça, os índios preferem a paca, o tatu, as antas e os veados. Mas estes últimos só aparecem no mato quando tem novela rural.

• O Quarup é uma belíssima cerimônia em que os índios se reúnem para ler o livro do Antonio Callado.

• No artesanato, os índios costumam fazer peneiras e esteiras de palha trançada, que eles vendem para o homem branco. Com o dinheiro, compram esteiras e peneiras de plástico, que são mais bonitas e duráveis.

• Depois de ser comido pelos índios Caetés, o bispo Sardinha foi comido pelos índios Caetés.

Política, políticos e deputarias em geral

• Alfabetize um político antes que ele vire presidente.

• Político compra até voto de boas-festas.

• Os políticos matam o trabalho com requintes de crueldade. Para tal crime, só mesmo a pena capital: morar em Brasília.

• O político é um espírito inquieto. Rompe com o PMDB e vai pro PDT. Rompe com o PDT e vai pro PSDB. Rompe com o PSDB e vai pro PT. Rompe com o PT e com o saco de todo mundo que lhe atravessa o caminho.

• Democracia é que nem carro: tem que estar sempre atualizando o modelo.

• O Congresso é a casa do povo. O difícil é despejar os atuais inquilinos.

• Participe! Cobre! Escreva para o seu deputado. Mas já mande a carta rasgada para facilitar o trabalho dele.

• Vida de filho de deputado é pegar onda no Havaí e contracheque em Brasília.

• A nova safra de políticos promete. E também não cumpre.

• O que é que os empreiteiros não pedem chorando que os parlamentares não fazem sorrindo?

• A comissão de defesa do consumidor alerta: ao comprar um deputado, verifique se o mandato está no prazo de validade.

• Alguns analistas políticos acham que o Brizola não devia usar apenas o ideário político de Getúlio Vargas, mas o revólver também.

• A Câmara dos Deputados é um território mítico-onírico, onde se materializa o desejo primitivo introjetado em milhões de brasileiros: ganhar dinheiro sem ter que trabalhar.

• Contrariando a opinião geral de que o povo não se interessa por política, milhões de cidadãos que estão sentados têm se mobilizado pra ir desligar a tevê no horário eleitoral gratuito.

• Deputados gays conquistam seu eleitorado com boquete de urna.

• Nas eleições, os espíritas costumam votar em candidatos de centro.

• É linda a festa da democracia. São milhões de brasileiros unidos num único pensamento: "Lá vem a porra do horário eleitoral novamente!"

• Quando o candidato está na frente das pesquisas, até absorvente íntimo adere à sua campanha.

• Tem político que é tão supersticioso que usa quatro ferraduras pra dar sorte.

• É tudo psicológico. Alguns políticos têm problemas que só fraude explica.

• Assim como Deus, candidato em campanha está em toda parte.

• O país sofre um grande desfalque quando não elege algumas velhas raposas da política. Mas quando elege, o desfalque é bem maior.

• O grande problema dos nossos parlamentares é que eles só querem legislar em casa própria.

• O maior partido brasileiro ainda é o pmdeibem.

• Ao se molhar a mão de um político com uma solução de água e papel-moeda, observa-se o fenômeno da evaporação de verbas.

• Os eleitores devem se conscientizar de que o voto é a sua arma. Mas também com alguns candidatos, só matando.

• É inegável o esforço dos políticos para diminuir os gastos públicos. Eles só têm usado demagogia barata.

• Cada vez que um político leva um por fora, a gente leva um por dentro.

• Muitos políticos chegaram ao ponto de nomearem funcionários para serem seus parentes.

• Muitos homens públicos despertam tardiamente para a política. É que em Brasília ninguém trabalha de manhã.

• Uma pergunta para Lula: por que sempre com arroz e brócolis?

• A nível de talvez, o PSDB é pelo depende.

• Dois corpos não podem ocupar o mesmo espaço no horário eleitoral gratuito, a não ser que um dê o seu espaço ao outro em troca de trinta mil dólares ou um ministério, o que pintar primeiro.

A política é a arte de fazer alianças. Derretendo cordão de ouro roubado.

Pensamentos que não valem a pena ser pensados

• Há muitos incógnitos que não ousam dizer seu nome.

• Como dizia a Hebe, de Camargo já basta a vida.

• Na natureza nada se cria, tudo se transtorna.

• H2O, H2O... Até a água já caiu numa fórmula.

• No fundo, no fundo, a gente acaba morrendo afogado!

• Certas coisas estão no sangue. Hepatite, por exemplo.

• A palavra medo não existe no meu dicionário! Nem a palavra medusa, nem medula, nem meeira. Arrancaram a porra da página do meu Aurélio!

• Quem transmite a maior energia é fio desencapado.

• A América Latina é a maior África.

• Em casa de turco, os tapetes e os cheques são voadores.

• Tudo já foi feito. Tudo já foi dito. Mas sempre na hora errada.

• Cuecas, lave-as ou deixe-as.

A Antártida tem a mais incrível vida noturna do mundo. Dura seis meses.

Portugal é uma piada

• A única coisa digital que português consegue usar é a impressão.

• Por pressão da Igreja, em Portugal o homossexualismo é aceito somente como método anticoncepcional.

• A única vantagem de conhecer Portugal é que lá as piadas de português acontecem ao vivo.

• Depois do telefone sem fio e do microfone sem fio, os portugueses inventaram o Ob sem fio.

O povo unido tem um cecê fudido!

• Vamos salvar nossos animais, suas bestas!

• Respeite a Convenção de Genebra. Não peide nos elevadores!

• Pela punição ao chope do colarinho branco!

• Mocréia: você tem que saber evitar!

• Solte a franga que existe em você, sua galinha!

• A gente não quer só comida. A gente quer três chopes e um Steinheinger.

• Mandem alimentos para os que têm fome! Mandem flores aos que guerreiam!! Mandem a Sharon Stone lá pra casa!!!

• Mandem remédios aos doentes! Mandem esperança aos aflitos!! Mandem a Julia Roberts lá pra casa!!! Mas na quinta, porque na terça já vai a Sharon Stone.

Não vamos nos dispersar! A não ser que alguém tenha comido ovo cozido.

Profissão: a perigo

• Nos dias de hoje em dia, está cada vez mais difícil escolher uma carreira. Já vem tudo malhado.

• Os office-boys não estão nem aí. E também ainda não chegaram lá.

• Os estagiários estão em toda parte. Menos na sala do chefe quando ele precisa.

• O fotógrafo só deve trabalhar por dinheiro. Quem tem amor à fotografia é punheteiro.

• A carreira de fotógrafo é que nem sexo. Muita gente dá duro a vida inteira e termina como lambe-lambe.

• Carteiro feliz é aquele que gosta de sê-lo.

• O cozinheiro fez mal almoço.

• Se você dá pra engenharia, pode ser uma boa engenheira. Mas se você dá pra diretor de novela, nada te garante um emprego de atriz.

• Todo profissional liberal é um conservador amador.

• Todo vagabundo tem um nome a lazer.

• Nem todo comerciante é ladrão. Tem gente que está na profissão errada.

• A relação chefe-secretária não pode ser meramente profissional. Afinal, é na mão dela que o seu negócio cresce todo dia.

• Fuder com a paciência da sua secretária não deixa de ser um abuso sexual.

• Não é de bom-tom pedir um aumento ao seu chefe quando ele voltar pra casa mais cedo e encontrá-lo nu dentro do seu armário.

Onde se ganha o pão não se come a carne. A menos que você trabalhe de garçom numa churrascaria rodízio.

• O joalheiro que nunca roubou um cliente que atire a primeira pedra preciosa.

Psicaretagem

• A psiquiatria se divide em duas correntes: contínua e alternada.

• Os psicanalistas não entendem nada. Símbolo fálico é o caralho!

• A psicologia moderna comprova que os condenados à prisão perpétua se sentem muito presos e precisam se soltar um pouco mais.

• Psicanalista não aceita conversa fiada.

• Tem psicanalista que nem Freud nem sai de cima.

• Os únicos seres humanos que resolvem seus problemas com um psicanalista são os vendedores de divã.

• Inconsciente coletivo é um ônibus desgovernado dirigido por um motorista bêbado que cheirou quatro quilos de cocaína.

• As pessoas que não são problemáticas costumam dar muito problema mais tarde.

• O problema de ficar assistindo filme de sacanagem é a inveja do pênis.

Punheta: fazendo justiça com as próprias mãos

• Não se envergonhe da sua condição de punheteiro. Brade aos quatro cantos do mundo: "Eu toco punheta!" E todos em coro lhe saudarão numa só voz: "E quanto você cobra?"

Antigamente, os jovens se masturbavam. Hoje, fazem sexo *unplugged*.

• Para um punheteiro, pior que ficar sem pai nem mãe é ficar sem pau nem mão.

• O onanista sabe que não adianta chorar sobre o leite derramado.

• Como dizia o onanista, amor só de mão.

• Guarde sempre sua mão mais boba pra segurar a revistinha.

• Felizes são os surdos-mudos. Punheta, pra eles, é quase sexo oral. E no final, a mão ainda pergunta: “Foi bom pra você?”

Queimando o filme

• Os grandes mitos do cinema não são apenas frutos da nossa imaginação. São seres com vida própria e, às vezes, imprópria.

• Como dizem os impotentes: cinema é a maior diversão.

• Educador rígido é o Woody Allen. Na casa do comediante, dez horas é hora de criança ir pra cama. A dele.

• Alguns novos cineastas brasileiros causam sensação... Sensação de desconforto, incômodo e vontade de procurar outro cinema.

• Os críticos consideram o trabalho dos cineastas de vanguarda fundamental por ser essencialmente estimulante. Café também é estimulante e ninguém fica por aí fazendo resenha sobre a influência do café solúvel na dissolução dos valores estéticos pós-modernos.

• Em cinema pornô, só se paga meia no banheiro.

• Num filme pornô, as atrizes são escolhidas a dedo. E os atores a palmo.

• Muita atriz começou por baixo em filme pornô. E continua nessa posição até hoje.

Relações a dois, a três e atrás

• Marido a álcool. Você ainda vai aturar o bafo de um!

• A vida extraconjugal também pode ser vivida fora do casamento.

• Diferentemente do sarampo e da catapora, as núpcias são uma doença contraída apenas pelos adultos.

• Quando a mulher resolve botar o casamento em cheque, não sobra nada na conta conjunta.

• Ao contrário da crise do Estado brasileiro, todo casamento um dia chega ao fim.

• Marido ausente é o que traz presente.

• Eles são adúlteros, eles que se desentendam.

• Desde que o mundo é mundo o ser humano vive à procura de seu par, sua cara-metade, sua alma gêmea, enfim, de um mané pra rachar as contas.

• Sua mulher ser conhecida no pedaço não é nada. O chato é quando todo mundo conhece o pedaço da sua mulher.

• Em geral, as mulheres casadas ficam nervosas após a relação sexual. Elas se lembram que o marido pode chegar a qualquer momento.

• Ao chegar em casa e pegar seu melhor amigo na cama com sua mulher, mantenha a calma e aconselhe-o a não ficar andando com a primeira vagabunda que aparecer.

• Mulher casada, quando resolve dar um amasso, pede o carro do marido emprestado.

• O casamento é algo tão sério que devia ter licitação pública.

• Não reclame de tudo que você passou no seu casamento. Reclame também de tudo que você lavou.

• Um ex-marido deve se lembrar apenas dos melhores momentos da vida a dois. Até porque os melhores objetos aquela vadia já carregou.

• No bate-boca da separação, os maridos costumam exigir tudo muito bem dividido. Em mil pedacinhos.

O marido moderno precisa abrir mais a cabeça. Senão não tem lugar pra tanto chifre.

• Filhos de pais separados têm que ficar com a mãe. Deve se definir apenas se com a mãe dele ou dela.

• A questão da pensão sempre tem dois lados. A que ela vai receber e a que você vai ter que morar.

• A vida dá muitas voltas. A ex-mulher também. Com um, com outro...

• Mesmo os maridos violentos acabam aceitando a separação. Começam separando a cabeça da mulher do pescoço dela.

• Depois de uma sexta-feira da paixão, sempre vem um sábado de pé na bunda.

• Quem manda torpedo em bar acaba arrastando canhão pra casa.

• O amor é cego. E surdo, mudo, paralítico, entrevado, esclerosado e bobo.

• Pra que fazer amor, se você já pode comprar pronto?

• Quem ama não mata aquele último pedaço de bolo de chocolate que você guardou pra comer na larica.

• Não tenho tudo que amo, mas um muambeiro de Miami ficou de me arrumar.

Rico ri à toa

• Rico, quando come galinha, é modelo ou manequim.

• Rico, quando come galinha, um dos dois tem plano de saúde.

• Não tenho tudo que amo. Mas já estou providenciando.

• Quando a esmola é grande, o rico desconta no Imposto de Renda.

• Quando o imposto é grande, o rico desconfia.

Rico, quando come galinha, manda o motorista levar em casa.

• Em briga de rico, faisão de fora não se manifesta.

• As maiores locomotivas do nosso *society* estão sempre engatadas.

• Se o mar não está pra peixe, os ricos estão cagando. Peixe é coisa de pobre, rico gosta é de camarão e lagosta.

• Mais importante que a riqueza interior é a riqueza no exterior.

• A crise tá braba. Alguns milionários já chegaram ao fundo do poço de petróleo.

• Empresário supersticioso não paga 13º.

• É mais fácil um camelo passar pelo buraco de uma agulha do que o Antônio Ermírio contratar uma passadeira.

• Patrão também é gente. Patrão também cospe, mija e até caga. Principalmente na sua cabeça.

Se conselho fosse bom, ninguém dava, roubava

• Conselho é que nem cu. Você pode até pedir, mas o outro dá se quiser.

• Não pense demais na sua vida. Você não tem tempo a perder com bobagens.

• Pra quem já morreu, não fica nada bem comer capim pela raiz de boca aberta.

• Não passe as noites em claro. Apague a luz e economize energia.

• Nunca deixe um desconhecido entrar em contato profundo com o seu eu. Principalmente por trás.

• Esteja sempre pronto a oferecer aos corações solitários o apoio e o conforto de um pau amigo.

• Não dê valor excessivo ao dinheiro, já que você não tem mesmo.

• Adquira hábitos mais saudáveis, como correr dos credores todas as manhãs.

Dedique-se um pouco mais a você mesmo. Leve você ao cinema. Depois a um jantar, a uma boate e, quem sabe, no fim da noite, leve você pra um motel e foda-se.

• Procure se alimentar com produtos naturais e básicos, como a água, o ar e a terra.

• Beba menos e só vomite socialmente.

• Relaxe, aproveite a vida e não dê tanta importância ao trabalho: arrume um emprego público.

• Numa festa a rigor, o homem deve usar camisinha social.

• Dispa-se dos seus preconceitos... Aproveita e vai tirando a calcinha também.

• Prove a esse bando de invejosos que você não é um bunda-mole. Deixa a turma dar uma apalpada.

O ser humano é um ser muito humano

• O homem é o único animal que ri quando entende a piada.

• O surfista, a apresentadora de programa infantil e o gerente de banco são dissidências do *homo sapiens*.

• Quando percebemos que nós, homens, somos tão pequenos diante da Terra, e que a Terra é apenas um planetinha do Sistema Solar, que não passa de um minúsculo ponto da Via Láctea, que, por sua vez, é um grão de areia dentro do Universo... quando percebemos tudo isso é que pensamos: que puta crise existencial devem ter as amebas, hein!

• A humanidade é uma imensa torcida do Fluminense achando que tudo vai dar certo no final, mesmo sem ter nenhum motivo pra isso.

• O homem é o único animal que ri das imitações do João Kleber.

• O homem é um animal político. Já o homem político é um animal.

Se solta, você está muito preso!

• Dize-me com quem andas e eu te acusarei de formação de quadrilha.

• Nunca se deve aceitar balas de estranhos. Principalmente se eles forem pistoleiros.

• Não existe crime perfeito. Pra falar a verdade, quase todo assassinato é meio matado.

• É dura a vida na cadeia. Os homens saem de lá completamente por baixo, fugindo pela tubulação de esgoto.

• PM não é batom, mas também anda nas bocas.

• Doa a quem doer, o fato é que a violência machuca.

• Diante da violência, a sociedade brasileira clama por uma resposta enérgica das autoridades: afinal, sequestro tem ou não tem trema?

• Respeite os mortos. Depois de um tiroteio na padaria não pergunte se o presunto é fresco.

• Se perfilássemos os cadáveres resultantes dos assassinatos cometidos no Rio e em São Paulo em apenas um mês, ia dar um trabalhão. Sem falar no mau cheiro.

• O combate à violência é como uma partida de futebol: alguém tem que dar o pontapé inicial.

• O sistema carcerário desumaniza o ser humano. Nas solitárias, por exemplo, não há mais diálogo.

• Pro bicheiro, vale o escroto.

• As partes que um estripador mais aprecia numa mulher são as de dentro.

• A inveja é a arma dos incompetentes. Como os nossos traficantes não são invejosos nem incompetentes, eles preferem usar AR-15, submetralhadoras Uzi e escopetas com cano serrado.

• Já não se pode contratar nem um matador de aluguel. O preço de um assassinato está pela hora da morte.

• Por que os presos vivem querendo fugir dos seus problemas?

• A menor penitenciária que se conhece é farda de PM: só cabe um ladrão.

• Policial honesto é como ácaro. Todo mundo sabe que existe, mas ninguém nunca viu nenhum.

• Estuprador, faça como o Mike Tyson: seja educado e bata antes de entrar.

• O cavaquinho foi concebido para que bandido algemado pudesse tocar violão.

Sexo é bom, mas pôquer dura mais

• Por que o governo não proíbe de uma vez os jogos de azar e libera só os que dão sorte?

• Você acredita que só por não beber nem fumar a roleta não é viciada?

• Sorte no jogo, e o amor que se foda!

• O bingo é uma espécie do jogo de bicho com um só bicho: o pato.

Pensamentos da rodada

• Na vida é preciso sempre mudar, sobretudo com os preços absurdos dos aluguéis.

• Não se deixe levar por esperanças vãs. Nem pela polícia. Fuja pelos fundos enquanto é tempo.

• Se você vive querendo passar os outros pra trás, cuidado com o bafo quente na nuca.

• O que importa não são os fatos, e sim a versão remixada.

• Quem tem cu tem rego.

• Não se debruce demais sobre o lado oculto do seu ser. Isso dá problema na coluna.

• Se chiar resolvesse, sal de frutas não morria afogado.

• O que é uma dupla, senão um trio desfalcado?

• Você ainda não encontrou o seu caminho? É a primeira porta à direita, no fim do corredor.

• Quem coça o cu, mais cedo ou mais tarde acaba cheirando o dedo.

• Grandes brasileiros vieram do nada. Mas, ao longo do tempo, mantiveram-se fiéis às suas origens e lá permaneceram.

Filmes e livros não são feitos para dar toques. Se você está interessada nisso, procure um ginecologista.

Sexo, tô dentro. Tô fora. Tô dentro. Tô fora

• Os três aspectos fundamentais da vida humana são dois: sexo.

• Ajoelhou, tem que chupar.

• As grávidas que o digam: a primeira camisinha a gente sempre esquece.

• Tara mesmo é fazer sexo grupal a sós.

• O ejaculador precoce é um sujeito que quer tirar o pau da forca.

• Apressado não come cu.

• Meu lugar preferido para transar é numa mulher deserta.

• A cu dado não se olham as pregas.

• Antes de serem atendidos, os fregueses das massagistas aguardam na sala de esperma.

• A virgindade só deve ser mantida até a primeira relação.

• O pai dos espermatozóides é um escroto.

• Os espermatozóides ficam muito felizes quando chegam ao útero. O lugar de onde eles vieram era um saco!

• O sexo com segurança, desde que dentro da cabine e não na frente de todo mundo no banco, é gratificante.

• O sexo seguro não é chato. Chato é a unha no calcanhar.

• A relação anal pode resultar em pequenas fissuras. E até na fissura de experimentar outras vezes.

• A Aids não dá camisinha a ninguém.

• Não tenha medo do teste de Aids. Ele também tem seu lado positivo.

• Dura lex, sed lex, no sem-cabelo só Jontex.

• Nos métodos anticoncepcionais, geralmente a mulher fica com o anti, cabendo ao homem o concepcional.

• Cuidado com os métodos anticoncepcionais. Gozar fora, por exemplo, não quer dizer atingir o clímax em outra cidade.

• O preservativo de nada vale se for usado de maneira incorreta. Por exemplo, como bolinha de encher em aniversário de criança.

• Certas coisas são muito difíceis de se encarar de frente. O sexo anal, por exemplo.

• Una o útil ao agradável. Quando ele estiver por cima, veja se o teto não precisa de uma faxina.

• A primeira vez sempre deixa marcas. Senão na memória, pelo menos no carpete da sala.

• Pau é feito dólar do narcotráfico: lavou, tá novo.

• Apesar de tudo, o sexo continua em alta.
Ou o seu já baixou?

• O bestialismo ocorre muito nos fins de festa, quando não sobrou nada pra você a não ser aquela besta.

• Digam o que disserem, mas sexo é foda.

• Hay que endurecer. Ou então entrar dobrado.

• Tem homem que acha que depois de uma trepada, bom mesmo é acender um cigarro e apagar a mulher.

Normalmente a mulher goza antes. É naquela hora em que você tira a cueca, ela olha pra você e dá uma gargalhada.

• Os homens têm dificuldade em perceber quando suas mulheres gozam. É que nessa hora eles não estão por perto.

• Num *fellatio* de cerimônia, é permitido falar de boca cheia?

• O que importa é a qualidade e não a quantidade de relações. De que adianta transar com a Tiazinha, a Feiticeira e a Luana Piovani juntas se isso será apenas uma aventura fútil que nada acrescentará à sua vivência enquanto ser humano?

• Tudo vale a pena quando a peia não é pequena.

• O sexo grupal é uma atividade que desperta grande interesse. Sempre junta gente.

• Peito: mame-o ou deixe-o.

• O sexo não é tudo na vida. Existem outros sentimentos mais fortes, como a inveja de quem pratica sexo numa boa, por exemplo.

• Ao contrário do sexo anal, o sexo anual demora muito.

• A ejaculação precoce pode não ser engraçada. Mas é esporrante.

• O castrado não tá com essas bolas todas.

• Sexo não é um bicho de sete cabeças. É uma cabeça só, gente.

• O sexo tem que ser encarado como uma coisa normal. É como escovar os dentes... Quer dizer, usando uma escova bem maior.

• Sexo é uma coisa simples, é como andar de bicicleta... Quer dizer... Sem o selim...

• O sexo deve ser encarado como uma coisa natural. É como... Chupar um picolé... Só que não é tão gelado...

Quando ela ficar toda molhadinha... Tá na hora de trocar a fralda.

Só é gordo quem come

• Os gordos são, por natureza, tímidos e não gostam de aparecer. Mas com aquele barrigão estufado pra fora da camisa, isso é impossível.

• Não ligue se todos vivem fazendo piadas e tentando te rebaixar só porque você é gorda. Lembre-se: você é muito maior do que isso tudo.

• Não é de bom-tom perguntar a obesidade de uma mulher.

• Não convide para a mesma mesa Faustão, Jô Soares, Ed Motta e Bussunda. Você dificilmente terá dinheiro para pagar a conta.

• O primeiro sentimento de quem está de dieta é o de revolta. Dá vontade de acabar com tudo, a começar pelo que tem na geladeira.

• Com saudades do que não pode mais comer, o gordo de dieta dá um suspiro. E do suspiro à padaria é um pulo.

• O SPA é um ritmo dietético jamaicano.

• A diferença entre um SPA e um campo de concentração é que o campo é grátis e mais animado.

• O SPA é o último degrau da dignidade de um gordo. É a sarjeta dos adiposos.

• Num SPA, o marido estrangula a esposa por um cream-cracker. E os travestis chegam ao escândalo e ao desespero só pra chupar um garoto.

• Se a gula é um pecado, o inferno deve ser ótimo pra fazer churrasco.

• O negócio é ficar gordo. Já que você não vai comer a Gisele Bündchen mesmo... Pelo menos, coma umas coxinhas.

Emagreça com a dieta do Amir Klink: onze meses na Antártida sem comer ninguém.

• Ao chegar aos quarenta, a única coisa com gordura que o homem pode comer é a sua própria mulher.

• A gordura localizada não é um mal em si, desde que esteja localizada no corpo dos outros.

Sogras, tô fora!

• A sogra venenosa é o único réptil do mundo que vê novela e faz tricô.

• O habitat natural da sogra é a casa da sogra, um lugar cheio de paninhos em cima dos móveis e cadeado na geladeira.

• Sua sogra chegou para ficar com as crianças enquanto você pega um cineminha com a patroa? Há malas que vêm para o bem.

• Inquilino é que nem sogra: uma pessoa que mora na sua casa e você odeia.

Tamos aí nessa mamata

• A corrupção é como o homossexualismo: tem o ativo e o passivo.

• Saber receber é um dom. O corrupto elegante mesmo não recebe em casa. Prefere receber na Suíça, que é muito mais chique e discreto.

• Corrupto, quando morre, vai para o paraíso fiscal.

• Corrupto é foda. A gente molha a mão, ele quer logo que molhe o braço.

• Todo homem tem seu preço. E tem um monte que tá em promoção.

• O problema das autoridades corruptas não é a omissão, é a comissão.

• É preciso dar um basta na corrupção. Do jeito que estão roubando, não vai sobrar nada pra mim.

• Tem muito urânio por aí enriquecido ilicitamente.

Turismo é a maior viagem

• Brasileiro, quando viaja, só carrega bagulho, a começar pela mulher.

A turista brasileira prefere carregar quinze sacolas a uma mala. Mala, só o marido.

• Conheça o seu interior. Sai bem mais em conta que uma passagem para Miami, sem falar nas comodidades de não carregar bagagem, não precisar de visto no passaporte e muito menos esconder os dólares na barriga.

• Quem gosta de viajar e tem oportunidade para tal, já deve ter notado que a comida dos aviões é digna de nota. Nota zero.

TV a cabo e TV a rabo

• O controle remoto é o melhor amigo do homem.

• Vivemos numa aldeia global, apesar de também ter a Record, o SBT e a Feiticeira na Bandeirantes.

• O trabalho das atrizes de TV está abaixo das expectativas. A Claudia Raia, por exemplo, podia dar muito mais de si pra nós.

• O chato de novela regional é o sotaque baiano na nuca.

• A putaria na TV deve ser feita com bom gosto pra não virar sacanagem.

• A diferença entre um pokémon e uma loura é que o pokémon evolui.

Usou saia e não é padre, tô comendo!

• Se Maomé não vai à montanha, a montanha vaia Maomé.

• Em Deus confiamos. Mas pedimos avalista.

• Todos nós somos filhos de Deus, embora ele não reconheça a paternidade.

• No princípio era a verba.

• Ao chegar o fim do ano, saudemos aquele que veio ao mundo só para nos salvar: o décimo terceiro salário.

• Bem-aventurados os pobres de espírito porque deles é o reino dos céus. Tá bom. Mas tem lugar lá pra ficar ou a gente tem que ir pra casa de um amigo?

• O tempo no céu demora uma eternidade para passar.

• Jesus te ama, mas eu te acho um bundão.

• Não cobiçarás a mulher do próximo, pelo menos na frente do namorado.

• É mais fácil um camelo passar por um buraco de agulha do que se encontrar um ditado bíblico razoável.

• Os crentes são a favor da extinção do Corpo de Bombeiros, pois só Cristo salva.

O senhor é o meu pastor e fica latindo a noite inteira no quintal.

• A última a transar na sacristia é mulher do padre.

• A grande vantagem do papa é que ele é o único homem do planeta que pode ir à Capela Sistina só pra dar um peidinho.

• O que Bach queria dizer exatamente quando compôs "Jesus, alegria dos homens"?

• A carreira de padre é um sacerdócio.

• A Igreja condena a sodomia mas nada fala sobre a gomorria.

• Meu marido é pastor e nada vai faltar lá em casa.

• Agradeça sempre ao Senhor os alimentos que vai comer. Mesmo que seja o jaburu da sua patroa.

• Pode vir crente que eu estou fervendo!

• O papa não aprova o sexo antes do casamento. Nem depois.

• No princípio eram as trevas, o caos, a matéria desagregada, a energia diluída, a pulverização cósmica... Até que era uma boa...

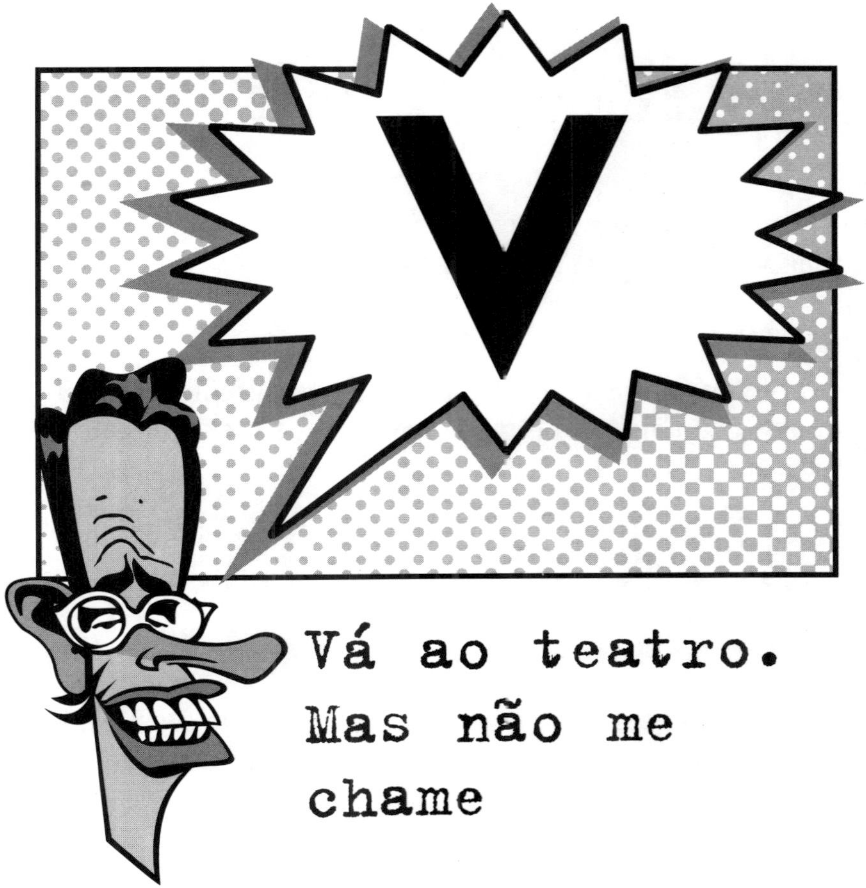

Vá ao teatro. Mas não me chame

• Se o que você quer é uma peça original, vá a uma oficina autorizada.

• Tem peça de vanguarda que só faz sucesso por causa da retaguarda da atriz.

Vai tomar na CUT

• Para o sindicalismo de resultados dar certo, é preciso comprar pelo menos um placar eletrônico.

• O problema dos líderes sindicais é que durante a ditadura eles ficaram muito tempo com a língua presa na polícia federal.

• Metalúrgico não ford nem sai de cima.

• Alguns sindicalistas são favoráveis ao arrocho. Desde que se tomem medidas pra disfarçar as marcas no pescoço.

Velho é você, amanhã!

• Nos avós a única coisa avançada é a idade.

• A fila é o habitat natural do aposentado.

• O velho não deve deixar a peteca e a bengala caírem.

• Aos setenta, quando um homem diz "vou te comer todinha", ele está só conversando com a papinha que a enfermeira trouxe.

• Para o jovem, o sofá é um lugar onde ele se deita pra ver tevê. Quando ele começa a se irritar com sofá sujo e manda encapar o seu com plástico, ele já é cientificamente considerado um velho.

• Para as avós, não interessa pra onde o Brasil vai. O importante é que ele não esqueça de levar um agasalho e o guarda-chuva.

Voar é com os funcionários públicos

• Adote um funcionário público. Ele não precisa de quase nada, só carinho, afeto, um carro oficial e cinco horas pro almoço.

• Funcionário público, proteja a sua natureza: preserve o meio expediente.

• Serviço público: nunca tantos fizeram tão pouco em tanto tempo.

• Na repartição, toda hora é hora... do almoço.

• O empreguismo no setor público já está gerando aberrações. Outro dia, em Brasília, a mulher de um conhecido deputado deu à luz um bebê com duas cabeças e três empregos.

• Relógio de repartição pública, noiva e menstruação de grávida tão sempre atrasados.

Zen-vergonhice

• Se cada um ficasse na sua quadratura e não se metesse na casa zodiacal dos outros, o mundo seria bem melhor.

• O conceito do yin/yang, a nível de dualidade, enquanto dialética, equivale mais ou menos ao Fla-Flu.

• Se uma montanha se interpõe no teu caminho, deves contorná-la ou pegar o Túnel Rebouças.

• Mago mesmo é quem fez o caminho de Santiago na época do Pinochet.

• A vida após a morte é muito parecida com essa. O Vinícius, por exemplo, continua enchendo a caveira.

Estamos entrando numa nova era, com Vênus na casa da família, Marte na casa da saúde e o desemprego na casa do cacete.

IMPRESSÃO E ACABAMENTO
DONNELLEY - COCHRANE GRÁFICA
EDITORA DO BRASIL LTDA.
UNIDADE HAMBURG
Rua Epiacaba, 90 - Vila Arapuá
04257-170 - São Paulo - SP - Brasil
Fone: (55 11) 6948 8000
Fax : (55 11) 6948 1555 Comercial
FOTOLITOS FORNECIDOS PELO CLIENTE

ENCICLOPÉDIA DA MÚSICA DO SÉCULO XX

FABIO SOARES DE LIMA
DEZEMBRO/2016